Judy Moody & Stink

¡FeliceS FieStaS!

WITHDRAWN

Megan McDonald

Ilustraciones de Peter H. Reynolds

ALFAGUARA

Título original: *Judy Moody & Stink: The Holly Joliday*
Publicado primero por Walker Books Limited, Londres SE11 5HJ

© Del texto: 2007, Megan McDonald
© De las ilustraciones: 2007, Peter H. Reynolds
© De la traducción: 2009, P. Rozarena
© De la tipografía de Judy Moody: 2004, Peter H. Reynolds
© De esta edición: 2010, Santillana USA Publishing Company, Inc.
2023 NW 84th Avenue
Doral, FL 33122, USA
www.santillanausa.com

Judy Moody® es una marca comercial registrada de Candlewick Press, Inc.

Adaptación para América: Isabel Mendoza y Gisela Galicia

Aguilar, Altea, Taurus, Alfaguara, S.A. de Ediciones
Beazley, 3860. 1437 Buenos Aires. Argentina

Editorial Santillana, S.A. de C.V.
Avda. Universidad, 767. Col. Del Valle
México D.F., C.P. 03100. México

Distribuidora y Editora Aguilar, Altea, Taurus, Alfaguara, S.A.
Calle 80, nº. 10-23. Santafé de Bogotá. Colombia

Judy Moody y Stink: ¡Felices fiestas!
ISBN: 978-1-60396-631-3

Published in the United States of America
Printed in Colombia by D'vinni S.A.

12 11 10 09   1 2 3 4 5 6 7 8 9 10

Para mi familia

M.M.

Para los Doucette, de Dedham, Massachusetts

—Bill, Cheryl, Alex y Ian—

una familia que sabe celebrar durante todo el año

P.H.R.

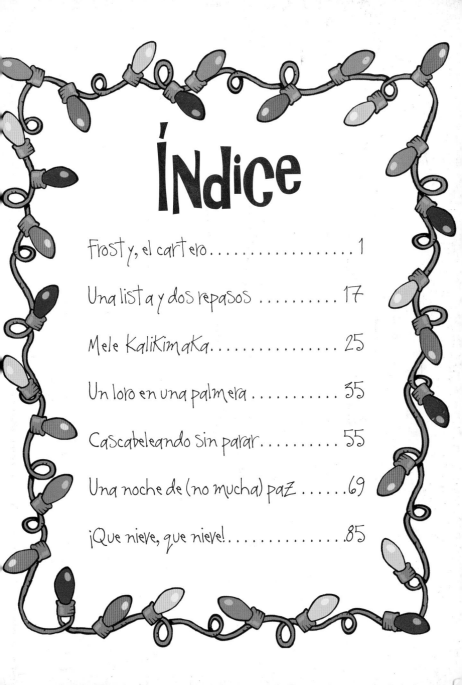

Índice

Frosty, el cartero

Stink estaba pegado a la tele, mirando el canal del tiempo, cuando escuchó el tintineo de la tapa del buzón del correo. Después, sonó el timbre: ¡Ding, dong! Stink saltó del sofá, entusiasmado.

—¡El cartero! —gritó alegremente— ¡Trae un paquete!

—Stink, espero que no hayas escrito otra vez cartas para que te manden cosas gratis —le gritó Judy—. Papá y mamá se enojarían mucho.

—Nopi —dijo Stink. Abrió la puerta y salió corriendo para alcanzar la camioneta del cartero antes de que desapareciera de su vista. Le gustaba hablar con el señor Harvey, el cartero. El señor Harvey tenía el pelo recogido en una cola y un perro llamado Chuletita.

—¿Cómo está Chuletita? —preguntó Stink; pero cuando el hombre volteó se dio cuenta de que no era *para nada* su cartero. No llevaba cola. Ni tenía la pinta de un tipo que llamara a su perro Chuletita.

El hombre tenía una melena blanca y una amplia sonrisa, una poblada barba blanca y espesas cejas. Además, llevaba

un gorro de piel con las orejeras volteadas hacia arriba. No parecía un cartero.

—¿Quién es usted? —le preguntó Stink—. ¿Y dónde está el señor Harvey?

—Soy el nuevo cartero —dijo el hombre—. Encantado de conocerte. Me llamo Frost, pero puedes llamarme Jack —dijo el señor Frost, sonriendo, guiñando un ojo y alzando sus pobladas cejas.

—¡No puede ser! ¿De verdad? ¿Quiere decir que usted es Jack Frost, o sea, el duende del invierno? ¿De verdad? ¿El que deja marcas gélidas en las hojas y en las ventanas?

—Así es, el mismo que viste y calza —dijo el nuevo cartero—. Y adivina qué ocurre cuando un perro me muerde.

—¿Qué? —preguntó Stink.

—Se queda helado —dijo Jack.

Stink se echó a reír.

Jack Frost le entregó a Stink dos paquetes.

—Hoy hay entrega especial. No caben en el buzón.

—¿Viene alguno del Polo Norte? —Stink agitó las cajas.

Una venía de L.L. Beanery, y olía a café. La otra pesaba tanto como si estuviera llena de libros, pero sonaba a tarta de frutas. ¡Qué asco!

—Probablemente es tarta de frutas —dijo Stink —. Mi abuela Lou nos envía una cuando se acerca la Navidad. El único que se la come es nuestro gato, Mouse.

—Bueno, pues que tengas más suerte la próxima vez —deseó Jack.

—Oiga, si usted es Jack Frost —dijo Stink—, se me ocurre que a lo mejor... ¡Podría traernos nieve este año! Todo lo que quiero para esta Navidad es nieve.

—Nieve, ¿eh? Bueno, nunca se sabe. Quizá pueda hacer algo.

—¿Podría? —se entusiasmó Stink—. ¿De verdad?

Jack Frost soltó una risita y se acarició la blanca barba, guiñando y mirando al cielo.

—Por lo que veo hay un sistema de baja presión acercándose. Un frente frío puede llegar aquí hacia el comienzo del fin de semana.

—¡Guau! —exclamó Stink— ¿Usted también sabe predecir el tiempo?

—Trabajé un montón de años en eso. Siento el tiempo en mis huesos —Jack Frost sacó la lengua—. En este momento casi puedo sentir el sabor de la nieve en el aire.

—Yo soy un gran súper olfateador —aseguró Stink—. Quizá pueda olfatear el aire.

Cerró los ojos y alzó la nariz. Sniff, sniff. Se imaginó copos de nieve cayendo sobre su lengua. Sniff, sniff. Se imaginó una batalla con bolas de nieve. Sniff, sniff. Se imaginó todo cubierto por una gran alfombra blanca.

—Sí, creo que huelo la nieve —dijo Stink.

Stink y Jack Frost permanecieron quietos durante unos minutos.

Los dos miraron al oscuro cielo gris y olfatearon el aire húmedo.

—Mi hermana mayor dice que en Virginia nunca nieva —dijo Stink—. Mi hermana mayor dice que la Tierra está demasiado caliente. Mi hermana mayor dice que hay una probabilidad en un millón de que nieve este año.

—Tu hermana mayor debe de ser muy lista, ¿no?

—Eso cree ella.

—Bueno, podría ocurrir —dijo Jack Frost—. Hace tiempo, en el invierno de 1980, cayeron más de 13 pulgadas y media de nieve en un día. Superamos todos los récords.

—¡Guau! —exclamó Stink.

—¿Ves? A lo mejor, después de todo, se cumple tu deseo de ver una buena nevada —dijo Jack Frost—. Piensa en la *nieve*. Siéntela en tus huesos.

—¡Gracias! —dijo Stink—. Qué suerte tuve de encontrarme con usted. ¿Sabe? Me ayudó a reflexionar y todas esas cosas.

—Bueno, no prometo nada —dijo Jack Frost con un guiño—, pero mantendré mis dedos cruzados.

—¡Estupendo! —dijo Stink.

Stink entró a casa cantando.

—Frost es un cartero estupendo, Frost es un cartero con alma feliz como lombriz... ¡Guau! ¡No lo van a creer! ¿A que no adivinan a quién acabo de ver?

—Al señor Harvey, el cartero —dijo Judy levantando los ojos de su lista de regalos.

—Claro que no. ¿Quién tiene una gran barba blanca?

—Pues Santa.

—Otra vez te equivocas. Es Jack Frost. Acabo de hablar con él. ¡De verdad!

—¿De verdad verdadera? ¿Estaba también Superman ahí fuera? ¿O el Ratoncito Pérez? —Judy se moría de risa.

—Te estoy diciendo la verdad verdadera. Se llama así. Pregúntaselo a él.

—Nuestro cartero es el señor Harvey —dijo Judy.

—No, ya no. Había otro hombre ahí fuera. El señor Frost. El señor Jack Frost. Sabe muchísimo de nieve y de frío y de todo eso. Me dijo que va a caer nieve esta Navidad.

—Stink, no me gusta desilusionarte, pero Jack Frost es invisible. Algo así como un duende diminuto o algo parecido.

—Algo parecido —repitió Stink dubitativo.

—Primero: —dijo Judy contando con los dedos— no puedes verlo. Jack Frost se desliza silencioso por la noche o por la mañana muy temprano para depositar escarcha en las ventanas y en las hojas de los arces.

—Eso es lo que yo creía antes —dijo Stink.

—Segundo: Jack Frost no es CARTERO. Ya tiene un trabajo, para qué iba a querer dos.

—Mucha gente tiene dos trabajos —replicó Stink.

—Tercero: si fuera cartero, no estaría en Virginia, donde casi nunca nieva; estaría en Alaska o en Canadá.

—Pues sí, pero, ¿por qué crees que el señor Harvey desapareció y en su lugar apareció aquí, en nuestra calle, Jack Frost en esta época del año? ¿No se te ocurrió pensar que la razón de que esté aquí puede ser que este año *nos toque a nosotros* tener nieve? Y para tu información, él puede oler la nieve cuando se acerca. Y además se lo dicen sus huesos.

—¿Así que Jack Frost tiene unos huesos que hablan?

—Sí. Y dijo que para que hubiera nieve tendría que haber depresión.

O baja presión, ya no me acuerdo.

—Stink, hazme caso. No ha nevado aquí en millones de años.

—¡No es verdad! —protestó Stink—. Jack Frost me dijo que un invierno nevó aquí y creo que cayeron más de 13 pulgadas de nieve en un día.

—¿Cuándo fue eso? —preguntó Judy.

—Hace mucho, en 1980.

—O sea, hace *medio* millón de años. Stink, te digo que...

—Bueno, tú no eres el hombre del tiempo —dijo Stink.

—Tampoco Jack Frost. Él es el cartero, Stink —Judy soltó un resoplido—. Está bien, creo que empiezo a creerte.

Una lista y dos repasos

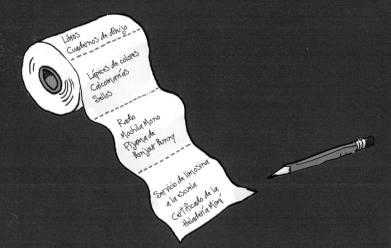

Sellos

Radio
Mochila Mono
Pijama de
Bonjar Bunny

Servicio de limosina
a la escuela
Certificado de la
Heladería Mimí

Judy Moody volvió a concentrarse en su larga lista y la repasó dos veces. No era una lista de apodos para Stink. Ni una lista de cosas para hacer cuando te enfermas y te quedas en casa.

Era una larga lista PH. Una lista en "papel higiénico" con todas las cosas que iba a pedir para Navidad. Una lista de regalos.

No era nada fácil escribir en papel higiénico; pero el P.H. era el único papel lo suficientemente largo para poder incluir todos los regalos que quería.

Libros
Cuadernos de dibujo

Lápices de colores
Calca...

Judy desenrolló su lista de P.H. Salía por la puerta, cruzaba el rellano de la escalera, pasaba por el cuarto de Stink y daba la vuelta alrededor del tomo N de la enciclopedia que su hermano estaba leyendo por centésima vez.

—¿Qué haces? —protestó Stink.

—Perdona, es que estoy haciendo mi lista —explicó Judy.

—Pero tu lista mide millas y millas —observó Stink.

—Bueno, así recibiré millas y millas de regalos.

Stink volvió a su enciclopedia. Estaba leyendo sobre los búhos de la nieve, las liebres de la nieve y las perdices que en

invierno se vuelven blancas para poder camuflarse en la nieve. Leyó también sobre las diferentes formas de los copos de nieve.

Judy no entendía nada. Normalmente Stink pedía toneladas y toneladas de regalos. Montones más que Judy. Miles y miles más que su hermana.

—Stink, deberías hacer tu lista —le dijo Judy—. Sólo faltan cinco días para Navidad.

—Ya hice mi lista —contestó Stink.

—¿Dónde está? —preguntó Judy.

—En mi cabeza —dijo Stink, tocando con un dedo su cabeza.

—Tienes que escribirla. Se te puede olvidar algo.

—No se me va a olvidar.

—¿Cómo te vas a acordar de todo, si no lo escribes?

—Está bien, la voy a escribir —concedió Stink. Arrancó una hoja limpia de su cuaderno de dibujo. Escribió algo en dos segundos y soltó el lápiz.

—¡Ya está!

—¿Ya? —preguntó Judy, ¿cómo la escribiste tan rápido? ¡Yo me tardé casi trescientos sesenta días haciendo la mía!

Judy tomó la hoja de papel. Stink sólo había escrito una única palabra. Y la única palabra era "nieve".

—¿Es todo? ¿Sólo una cosa? Además, esto ni siquiera es un regalo.

—Pero es lo único que quiero.

—¿Ni siquiera unas botas para la nieve, ni un gorro para la nieve, ni unos pantalones para la nieve, ni unos guantes para la nieve, ni una tabla para la nieve?

—Nopi.

—¿Ni siquiera un iglú para inflar con bolas de nieve de mentira?

—Nopi.

—Ni siquiera una cometa con forma de copo de nieve, ni una máquina que haga helados de muchos sabores?

—Bueno, la máquina de helados no estaría mal; pero, no. Lo que de verdad quiero es nieve.

—Stink, eso va a ser aburridísimo.

—¡Aburridísimo! ¡Estas loca! ¿Qué te parecería poder hacer un muñeco de nieve, y construir un fuerte de nieve y pintar en el suelo ángeles de nieve y hacer una guerra de bolas de nieve? ¿Y patinar? ¿Y no ir a la escuela a causa de la nieve?

—Pero, ¿es que no has salido a la calle últimamente? ¡Planeta Tierra llamando a Stink! El otro día el cartero llevaba pantalón corto, y ayer vi un petirrojo.

—¡Bah, eso no tiene nada que ver!

—Stink, te lo digo en serio. Es rarísimo que nieve en Virginia. ¿Qué posibilidades hay de que nieve este año? Casi ninguna.

—Más vale que nieve —dijo Stink muy serio—, o me mudaré a Vermont.

Mele Kalikimaka

Stink y Judy tiraron las mochilas sobre el sofá al llegar a casa.

—¡El último día de escuela antes de Navidad! —exclamó Judy.

—¿Qué hicieron en su último día? —preguntó la mamá.

—Comer caramelos —dijo Stink.

—Nosotros hicimos una fiesta de Navidad al estilo hawaiano —dijo Judy.

—Sofía de los Elfos fue mi amigo secreto —explicó Stink.

—Nosotros tomamos un ponche color rosa flamenco y jugamos a *Pon el mono en la palmera.*

—Y a mí me regalaron una bola de nieve, traída de Vermont —dijo Stink.

—El señor Todd llevaba gafas oscuras y una camisa hawaiana, y nos dio a todos un *lei* —dijo Judy señalando su collar de flores— para que nos lo pongamos esta noche. No olviden que esta noche celebramos el Décimo Festival Navideño en la escuela.

—Nosotros hicimos una guía de copos de nieve —dijo Stink, rebuscando en su mochila y sacando una página llena de dibujos de copos de nieve de formas distintas—. Aunque no hay uno igual a otro, casi todos los copos son cristales de hielo de forma hexagonal ramificados o en estrella.

Algunos copos tienen formas extrañas, como lápices, prismas, platos o bolas.

—Nosotros aprendimos que *Mele Kalikimaka* significa "Feliz Navidad" en hawaiano.

—A nosotros nos contaron la historia del hombre que inventó una manera de fotografiar miles de copos de nieve.

—¿Se llamaba Jack Frost? —preguntó Judy.

—No, se llamaba Copodenieve Bentley —corrigió Stink—. Y para tu información, aparece dos veces en la enciclopedia: en la N de nieve y en la B de Bentley.

—En Hawai, mi nombre sería I-U-K-I —dijo Judy.

—¿Tontuqui? —se burló Stink—. Ese nombre te queda muy bien.

—Jaa, jaa, jaaa. ¡Muy gracioso! —se enfurruñó Judy—. Pues tu nombre sería K-I-M-O, se lo pregunté al señor Todd. Kimo, mimo.

—Bueno, Iuki y Kimo, o como se diga, les espera un gran día —dijo la mamá—. ¿Están listos para la fiesta de esta tarde?

—¡Sí! —dijo Judy—. Mi grupo va a cantar *Los doce días de Navidad en Hawai*. ¡Es magnífico!

—¿Qué van a hacer ustedes, Stink? ¿Ensayaron la obra de *La víspera de Navidad*?

—Ni me lo recuerdes —dijo Stink—. ¡Me toca otra vez ser el ratón! Sofía de los Elfos va a ser una ciruela confitada y Webster, un bailarín o una zorra, no me

acuerdo cuál de los dos. Y yo. Yo tengo que ser, como siempre, un ratoncito con pantalón corto. ¡Igual que todos los años!

—Puedes llevar pantalón largo esta vez —sugirió Judy.

—Por lo menos ya tienes el disfraz —dijo su mamá.

—Sí, ándale, póntelo —exclamó Judy—. Déjanos ver cómo te queda, y así nos podremos reír un rato. ¡Hasta Mouse se va a reír! —Judy celebró con risas su propio chiste.

—¡Muy graciosa, te crees muy graciosa! —protestó Stink—. Alguna vez me gustaría salir de copo de nieve con forma de estrella hexagonal —deseó Stink.

—¡Copo de nieve estrellado, Stink! ¡No aparecen copos de nieve estrellados en *La víspera de Navidad*! —se burló Judy.

Stink subió a su cuarto para probarse su disfraz de ratón.

—"Y un loro en una palmera" —Judy ensayaba la canción mientras le daba la comida a Mandíbulas—. "Y un loro en una palmera" —Judy ensayaba mientras le ponía un collar con cascabeles a Mouse—. "Y un loro en una palmera" —seguía practicando Judy mientras ponía la mesa.

¿Y Stink? ¿Por qué tardaba un millón de años en ponerse unas orejas de ratón?

Por fin, Stink apareció tapándose sus orejas-de-no-ratón.

—Estuve pensando que, según la canción, *hay* doce días de Navidad. ¿Qué pasa con los otros once?

—¡Ja, ja, ja! —se rió Judy al ver lo que Stink llevaba puesto—. ¿Qué hiciste con tu disfraz de ratón? ¿Por qué vas totalmente vestido de blanco? Los ratones son pardos.

—Un ratón puede ser blanco —dijo Stink.

—Sí, los ratones de laboratorio. Los que sirven para hacer experimentos. Los que corren por laberintos. O los que les dan como alimento a las serpientes. No un ratón de *La víspera de Navidad*.

—Un ratón blanco combina muy bien con una Navidad blanca —dijo Stink.

—No le va a gustar a nadie, aunque te presentes como un ratón de laboratorio navideño —se carcajeó Judy.

UN LORO
EN UNA
PALMERA

Cuando los Moody llegaron al gran salón de actos de la escuela, aquella tarde, lo encontraron decorado con ramas verdes, piñas y muchos adornitos. Lucecitas intermitentes relucían alrededor de la puerta de entrada.

—¡La escuela está preciosa hoy! —dijo la mamá.

—Hicieron un gran trabajo —comentó el papá.

—Se vería mil veces mejor si hubiera nieve —dijo Stink.

—Y eso que no han visto la decoración

de nuestro número —dijo Judy —. Todo el escenario está preparado para que parezca Hawai. Y Frank va a traer a Galletita, su loro de carne y hueso. Y Galletita habla y todo eso.

—Creo que ustedes dos deben ir a reunirse con sus compañeros —dijo mamá.

—¡Buena suerte! —deseó papá.

—Búsquenme —dijo Stink— cuando empiece *La víspera de Navidad*.

—Stink, quiero decir Kimo, va a ser bastante difícil no ver a un ratón de laboratorio navideño en medio de una celebración de Navidad —dijo Judy.

∴✳ • ✳ ∴ ✳ ∴

Se apagaron las luces y empezó el Décimo Festival Navideño. El señor Tuxedo, el director, dio la bienvenida a todo el mundo; y el profesor de música tocó *Oh, blanca navidad...* lentamente, desde el fondo del salón.

El señor Todd era el maestro de ceremonias. Los primeros en actuar fueron los de Preescolar, que cantaron la canción *La ortografía de Kwanzaa*. Los de Quinto cantaron una versión de jazz de *Feliz Navidad*. Los de Primero recitaron un poema de Hanukkah que hablaba de ocho velitas. Los de Octavo representaron *Sister Klaas,* una parodia holandesa. Y, por fin, llegó el momento de la actuación de la clase de Judy.

Judy, Rocky y Frank se colocaron a la izquierda del escenario junto a la palmera de plástico que había inflado la clase de Tercero T. Un arco iris de luces rosas, verdes y azules brillaba sobre ellos. Todos llevaban pantalones cortos, chanclas y camisas hawaianas.

Judy parpadeó ante la brillante luz. Le sudaban las manos. El *lei* de flores de plástico le picaba en el cuello.

—¿Puedes sostener a Galletita? —preguntó Frank a Judy, tendiéndole al loro de carne y hueso—. Yo estoy demasiado nervioso.

—Yo también estoy muy nerviosa —le dijo Judy.

—El loro tiene que estar posado en la palmera —apuntó Rocky—. Eso dice la canción. ¡Vamos, deprisa! El señor Todd va a empezar.

Frank extendió el brazo. Galletita aleteó, saltando del brazo de Frank hasta la palmera.

—Esta tarde —dijo el señor Todd al público—, estamos representando fiestas tradicionales navideñas de diferentes partes del mundo. La clase de Tercero T eligió representar *Navidad en Hawai* con una versión propia de una canción muy conocida.

Judy respiró hondo. Todos cantaron:

El primer día de la Navidad,
mi tutu me dijo: "Te daré
un loro en una palmera".

Judy sonrió y se apartó el pelo de los ojos.

El segundo día de la Navidad,
mi tutu me dijo: "Te daré
un par de flamencos rosados
y un loro en una palmera".

—"Un loro en una polvera" —cantó Galletita. El público estalló en carcajadas.

—¡Cállate, Galletita! —ordenó Frank, amenazándolo con un dedo.

El tercer día de la Navidad,
mi tutu me dijo: "Te daré
una tabla grande para surfear,
un par de flamencos rosados,
y un loro en una palmera".

—"Un loro en una polvera" —cantó Galletita balanceando la cabeza. El público se doblaba de risa. Durante las once estrofas, cada vez que la clase de Tercero T cantaba "Un loro en una palmera", Galletita chillaba: "¡Un loro en una polvera!".

Doce ukeleles azules
Once cubitos helados
Diez delfines saltarines

Nueve hulas bailarinas

Ocho chicos estudiando

Siete alcatraces volando

Seis cometas revoloteando

Cinco piñas en un cesto

Cuatro flores para un leis

Tres patinetas pequeñas

Un par de flamencos rosados.

¡Y un loro en una palmera!

La clase de Tercero T cantó a gritos el último verso. Y cuando los asistentes se preparaban para aplaudir, Galletita repitió: "¡Un loro en una polvera!". El público se volvió loco. Reía, gritaba, rugía. Todo el mundo se puso de pie. Aplaudían y aplaudían.

—¡Mele Kalikimaka! —gritó la clase de Tercero T, y todos hicieron una reverencia antes de que las cortinas se cerraran.

—¡Galletita, te portaste muy mal! —lo regañó Frank detrás de las cortinas—. ¡Baja aquí ahora mismo! —y extendió un brazo.

—"En una polvera" —cantó Galletita erizando las plumas; pero no se bajó de la palmera.

—¡Con todo lo que habíamos ensaya-do, y nos echaste a perder la canción! —se lamentó Frank.

—¡Claro que no! —protestó Judy— A todo

el mundo le gustó. Galletita fue la estrella de la función.

—Creen que lo habíamos ensayado así —añadió Rocky.

—¿Cómo es que Galletita conoce la palabra "polvera"? —preguntó Judy.

—Mi mamá perdió su *polvera* y nos volvió locos a todos preguntándonos por su *polvera* y estuvimos buscando por toda la casa su *polvera*. Hasta les preguntó a los vecinos por su *polvera*, por si acaso la había perdido en el barrio. Seguro que galletita aprendió la palabra de tanto escuchársela a mamá.

El señor Todd salió al escenario nuevamente y se paró bajo la luz del foco.

—Gracias, loro Galletita, por ofrecernos esta tarde tu propia versión del estribillo de la canción. Galletita movió la cabeza arriba y abajo como si también hiciera su propia reverencia.

—Y ahora, para cerrar con broche de oro, los de Segundo van a representar *La víspera de Navidad*.

—Es la clase de Stink —dijo Judy a Frank y a Rocky—. Vamos a sentarnos delante para verlo bien. La maestra Dempster va a leer el poema y los chicos actuarán. Stink es el ratón. Él sale justo al principio.

Se apagaron las luces. El público guardó silencio. Las cortinas se abrieron.

—Era la víspera de Navidad —leyó la maestra Dempster, pausadamente. Estaba sentada en un gran sillón en primer plano. Un estudiante de Segundo apareció en el escenario, mostrando una luna de cartón sujeta en lo alto de un palo.

—En la casa reinaba la quietud —continuó la maestra Dempster. Entonces tres estudiantes más entraron llevando una casa de cartón.

—Nada se movía —leyó la maestra Dempster—. Ni un ratón.

Los espectadores estaban súper quietos. No sonó ni un solo celular. No se oyó ni una tos.

—¿Dónde está Stink? —susurró Judy—. Ésta es su parte.

—Ni un ratón —leyó la maestra Dempster, subiendo un poco la voz.

—¡Stink no aparece! —susurró Judy.

El público se movió inquieto. Algunas sillas crujieron. Algunos pies se removieron.

—¡RATÓN! —dijo la maestra Dempster. Esta vez casi gritando.

—¿Dónde está? —preguntó Judy.

Antes de que la maestra Dempster tuviera tiempo de repetir "ratón" otra vez, algo o alguien entró en el escenario como un relámpago blanco. Frank Pearl se echó hacia adelante, para ver mejor.

—¿Es eso Stink?

—Creí que habías dicho que era un ratón —murmuró Rocky.

—Lo es —dijo Judy—. Un ratón de laboratorio navideño.

Pero cuando el foco iluminó a Stink, resultó que no era un ratón blanco de laboratorio. Ni siquiera era un ratón común.

Era un copo de nieve. Un brillante y reluciente copo de nieve. Stink se había vestido completamente de blanco y colgado a la espalda llevaba un enorme y deslumbrante copo de nieve de seis puntas. Sobre su camiseta blanca había escrito en letras negras: ESTRELLA HEXAGONAL.

—¡No lo quiero ver! —dijo Judy tapándose la cara.

—¡Nada se movía! —declamó Stink, girando y bailando bajo el foco de luz—. Ni siquiera un copo de nieve.

Por el gesto de la maestra Dempster se deducía claramente que no esperaba una nevada, pero después de que Stink flotó a su alrededor durante un par de segundos, siguió leyendo el poema, como si nada extraño hubiera ocurrido.

Judy había visto a Stink haciendo de ratón muchas veces. Lo había visto de bandera, de James Madison (el presidente más bajito de todos); pero nunca, en un millón de años, se le hubiera ocurrido imaginar que lo iba a ver un día bailando en un escenario disfrazado de copo de nieve.

—¡Vaya copo, un poco loco! —dijo Judy— ¡Eres un copo al que le patina el coco! —Judy y Stink se doblaron de risa repitiendo y recordando esto durante varios días esa Navidad.

Cascabeleando sin parar

Era Nochebuena y todo el mundo corre-
teaba por la casa. Hasta Mouse hacía sonar
los cascabeles de su collar continuamente.
El papá encargaba una pizza hawaiana
con piña, y la mamá envolvía regalos.
Stink se apoderaba de los regalos según la
mamá iba acabando los paquetes para co-
locarlos debajo del árbol, en la sala. Mouse
perseguía una pelusa por toda la casa.

Judy Moody cantaba:

¡Mele Kalikimaka
es lo que se dice en un luminoso
día navideño en Hawai!

Y también:

Un buen hula-hula para disfrutar

en este hermoso tiempo de Navidad.

El papá asomó la cabeza por la puerta y anunció:

—La pizza estará aquí en un minuto.

—¿Por qué Judy tiene que cantar todo el tiempo canciones hawaianas? —se quejó Stink—. Ella sabe que lo que quiero es que caiga nieve, no que haga calor.

—¿Por qué no cantas tú canciones que te gusten? Invéntate una que exprese tu deseo —sugirió su papá.

—Muy bien —Stink aceptó el consejo. Se puso su disfraz de copo de nieve y cantó a todo pulmón:

¡Que nieve, que nieve,

cuando sean las nueve!

Justo en ese momento, sonó el timbre: ¡Ding, dong!

—¡Pizza! —gritó Stink.

Los Moody se sentaron a la mesa. Judy fue la primera en agarrar una servilleta para su colección. Stink se comió toda la piña de su trozo.

—Qué bonita estuvo la fiesta de este año, chicos —comentó el papá.

—Y por primera vez no tuve que hacer de ratón —dijo Stink.

—La maestra Dempster se llevó una buena sorpresa —dijo la mamá.

—Sí, ella seguía diciendo "ratón, ratón", y Stink no aparecía.

—¡Mi copo de nieve se había enganchado en la entrada del escenario —explicó Stink.

¡Ding, dong!

—¿Será otra vez el hombre de la pizza? —preguntó el papá.

—¡Yo abro! —exclamó Stink, y salió disparado hacia la puerta. Cuando la abrió, no podía creer lo que veían sus ojos: ¡Era el mismísimo Jack Frost en persona!

—Otro paquete para los Moody que se había quedado en la parte de atrás de mi camioneta —dijo Jack—. Pensé que podría ser importante.

—¡Guau! —exclamó Stink, recibiendo el paquete—. Nunca antes había venido el cartero de noche.

Jack Frost dijo sonriendo:

—En esta época del año hacemos jornadas de trabajo muy largas.

—¡Gracias! —dijo Stink—. ¿Cree usted que nevará esta noche?

—Nunca se sabe —dijo Jack—. Quizás no debas perder la esperanza de hacer un muñeco de nieve o una guerra de bolas. Bueno, tengo que irme. Todavía me queda un montón de trabajo por hacer.

—¡Adiós, Jack Frost, que tengas un buen día! ¡Una estupenda y muy feliz Navidad!

—¿Escucharon? —preguntó Stink a su familia cuando volvió a la cocina.

—Oímos que le deseabas a alguien una feliz Navidad —dijo Judy—. ¿Quién era ese?

—Jack Frost.

—¡Por favor, no inventes! ¿Otra vez? —dijo Judy en son de burla.

—¿Quién es Jack Frost? —preguntaron la mamá y el papá al mismo tiempo.

—¿No saben quién es Jack Frost? —se asombró Stink.

—Es el nuevo cartero —dijo Judy.

—Y trae nieve —añadió Stink—. Esta noche nos trajo un paquete. ¿Podemos abrirlo? ¿Podemos, podemos… porfa?

—Uumm. No vienen los datos del re-
mitente —dijo el papá—. Debe de ser de
la abuela Lou.

—Ya nos mandó una tarta de fruta
—dijo la mamá.

—Quizá es un niño envuelto—dijo Judy.

—¿Qué? ¿Un niño envuelto? —preguntó Stink.

—¿No sabes lo que es un niño envuelto, niño? ¡Es un pan relleno de jamón!
—se rió Judy celebrando su propio juego
de palabras.— ¡Ya, abre el paquete!

Stink rasgó el papel que envolvía la
caja. Dentro había dos paquetitos pla-
nos. En uno decía "Judy"; en el otro,
"Stink". Rompieron los envoltorios.

—¡Guantes! —exclamó Stink. Unos verdes para él y unos rojos para Judy.

—¡Pues, ya qué! —comentó Judy, desilusionada—. Yo hubiera preferido más tarta de frutas.

—Esto es muy extraño —dijo Stink—. No sabemos quién nos los manda. Sólo hay una nota que dice: "Los necesitarán cuando empiece a caer la nieve".

—¡Esto sí que es un gran misterio! —dijo Judy.

—A lo mejor son del mismo Jack Frost.

—¿Ahora resulta que Jack Frost también sabe tejer guantes? —se burló Judy—. Stink, ¿por qué iba el cartero a hacernos un regalo?

—¡Él no es *simplemente* el cartero! —dijo Stink.

· ·✱ • ✱· ·✱ ·.

Cuando acabaron la pizza, Judy y Stink se fueron al cuarto de jugar. Stink miró un buen rato por la ventana. Judy esparció por el suelo los adornos de Navidad hawaianos. Decoró la palmera inflable que habían usado en la función con figuritas de papel plegado: tablas de surf, barcos y caballitos de mar. Colgó una tira de lucecitas de color rosa flamenco. Hasta Mouse tuvo que lucir una faldita de paja y un *lei* de flores de papel.

Stink señaló hacia el oscuro cielo.

—Creo que veo algunas nubes.

—Yo creo que lo que ves son estrellas, K-I-M-O —le dijo Judy.

—Me gustaría que cada una de esas estrellas fuera un copo de nieve —dijo Stink. Y suspiró—. Espero que nieve hacia la media noche. Jack Frost dijo...

—Stink —interrumpió Judy, forzando el cuello para mirar al cielo—, más vale que lo olvides. No va a nevar esta noche.

—¿Apuestas? —la retó Stink.

—Pues claro —dijo Judy—. Si gano, tendrás que comerte un trozo de tarta de frutas.

—Vale; pero si gano yo, tienes que ayudarme a hacer un muñeco de nieve.

—¡Trato hecho!

—¡Oye, espera un momento! —puntualizó Stink—. ¿Cómo vas a saber si nieva a la media noche? A esa hora estarás en la cama dormida.

—No, voy a quedarme levantada —afirmó Judy.

—Estupendo, yo también —dijo Stink.

8:12 p.m.

Stink olisqueó el oscuro líquido aromático que había en su taza decorada con la cara de Santa.

—¡Yo no me voy a tomar eso!

—Es café —dijo Judy—. Te ayudará a mantenerte despierto.

—¡Café! ¡Aggg! Antes me tomaría una taza se lodo —afirmó Stink.

—Bueno, sólo pruébalo —le propuso Judy a su hermano.

—Papá, ¿podemos beber café? —preguntó Stink.

—Adelante, hijo. Pruébalo —asintió su papá—. Ésta es una ocasión especial.

—Vamos, K-I-M-O —dijo Judy—, tú primero.

Stink miró receloso el oscuro líquido. Bebió un sorbo. ¡Aggg! Lo escupió en el fregadero.

—¡Sabe a corteza de árbol!

Papá sonrió.

—¿Corteza de árbol? —preguntó Judy—. Debe de haber otros métodos para mantenerse despierto, aparte de beber café.

8:43 p.m.

Judy y Stink pusieron todos los CDs navideños que encontraron. Papá y mamá cantaron con ellos *Esta noche es Noche-buena*, *Campana sobre campana* y *El tamborilero*. Luego, Stink y Judy cantaron a grito pelado una canción inventada por los chicos de la escuela:

Esta noche el señor Lucios
lleva los calzones sucios,
para que los lave el tío,
habrá que llevarlo al río.
Dale, dale, dale...

9:15 p.m.

Leyeron en voz alta por turnos todos los libros que hablaban de nieve. *Blanca nieves, El búho blanco, Un día de nevada* y

Perdido en la nieve. Papá incluso recitó un poema que hablaba de alguien que atravesó de noche un bosque nevado.

—Todos estos libros sobre la nieve me están dando sueño —dijo Stink.

—Y a mí, todos estos libros sobre la nieve me están dando frío —dijo Judy—. ¡Brrr!

9:23 p.m.

Papá y mamá continuaron envolviendo regalos. Judy y Stink se pusieron a jugar a las cartas; pero, para variar, acabaron discutiendo.

—¿Por qué yo tengo que tomar cartas todo el tiempo y tú pasas siempre? —protestó Stink.

9:36 p.m.

—Te voy a enseñar un juego, Stink. Yo te hago una pregunta y tú contestas "Fenómeno natural". ¿Listo?

—Listín, listín —respondió Stink, riéndose de su propia gracia.

—¿Qué otro nombre se le daría en Virginia a una nevada?

—Fenómeno natural.

—¿Cómo llamarías a un elefante con dos trompas?

—Fenómeno natural.

—¿Cómo llamarías a alguien que en Navidad sólo quiere nieve?

—Fenómeno natural. ¡Oye, ése soy yo!

—¡Caíste!

9:44 p.m.

—Sigue sin nevar —informó Stink tras asomarse a la ventana. Y señaló el termómetro que estaba colgado fuera.

—Mira. Buenas noticias. La temperatura está bajando. Marcaba 8 grados hace un momento.

—Sí, y mi temperatura sube cada vez que te asomas a la ventana para ver el termómetro.

9:52 p.m.

—Niños —dijo el papá, asomando la cabeza por la puerta del cuarto de jugar—, hace mucho que pasó su hora de acostarse.

Mamá llevaba una cinta dorada alrededor del cuello y una calcomanía con unas campanitas en el suéter.

—Y la mía también —dijo, bostezando.

—¡Pero es Nochebuena! —protestó Stink.

—Estamos intentando aguantar despiertos hasta las 12 de la noche —dijo Judy—. Queremos ver si nieva. ¿Podemos quedarnos aquí y acostarnos esta noche en los sacos de dormir?

La mamá y el papá se miraron.

—Bueno —dijo el papá—. Mamá y yo nos vamos a la cama. ¡Nada de guerra de almohadas, eh!

—Y nada de bailar más hula-hula. Es hora de estar tranquilos y arropados —dijo mamá.

—¡Bah, bobadas! —murmuró Judy.

Judy se puso su pijama de mono. Stink se metió en un saco de dormir que tenía copos de nieve estampados. Su mamá y su papá les dieron el beso de las buenas noches y apagaron las luces. Stink no pudo evitar que se le cerraran los ojos.

—¡No irás a dormirte ahora!, ¿verdad? —dijo Judy enchufando la tira de luces color rosa flamenco. La palmera relucía con todos los colores de una puesta de sol en Hawai.

—No. Sólo estoy descansando los ojos —dijo Stink, bostezando.

10:12 p.m.

Judy fue a cepillarse los dientes. Cuando volvió, Stink estaba ya profundamente dormido. Hasta Mouse estaba durmiendo sobre un blando y calentito gorro de Santa.

—¡Oye, dormilón! —llamó Judy a su hermano, pero Stink no se despertó. Judy intentó hacer ruidos raros y poner caras extrañas. Trató de abrirle los párpados. Trató de despertarlo haciéndole cosquillas con la borla de un gorro de Santa.

Por fin, se cansó y lo dejó en paz. Stink se iba a enojar mucho por haberse dormido. Y se iba a enojar más al darse cuenta de que no había nevado.

10:27 p.m.

Judy contó ovejitas.

10:28 p.m.

Judy contó renos...

10:37 p.m.

De repente, en la noche de (no mucha) paz, Judy oyó una especie de golpeteo en el tejado. "¿Renos?" Oyó algo más, unos golpecitos en la ventana. "¿Jack Frost?" Miró por la ventana. Y lo que vieron sus ansiosos ojos fue...

¡Lluvia!

Sólo había una cosa peor que no tener nieve en Navidad. ¡Que lloviera! Judy echó una mirada al dormido Stink. Iba a estar doble-triple-cuádruplemente decepcionado.

¿Y qué pasó entonces? Bueno, en la familia Moody se suele decir que el corazón de Judy Moody creció tres tallas esa noche de Navidad.

Judy fue a buscar unas tijeras, papel blanco, escarcha y pegamento. Y *tris, tris, tris…* Mientras Stink dormía tranquilamente en su saco, Judy recortó millones de copos de nieve de papel, los decoró con escarcha y los pegó por las paredes, las ventanas, los muebles y las puertas. Esparció los blancos papelitos por el alféizar de la ventana y por el suelo y hasta por encima de Stink, mientras él seguía dormido. A la luz de la luna, el blanco confeti parecía nieve recién caída.

¡Perfecto! Una buena idea, bien realizada, podía ser casi tan buena como una nevada de verdad. De esta manera Stink podría ver cumplido su deseo, en vez de sentirse decepcionado en el día de Navidad.

Judy se moría de ganas de ver la cara de Stink cuando abriera los ojos y viera nieve por todas partes, aunque fuera de mentira. Sería mil veces mejor que verlo comer tarta de frutas algún día.

Judy se sentía como el mismísimo Padre Invierno. Se sentía como la Reina de las Nieves. Se sentía como Santa en el Polo Norte.

Se sentía como el auténtico y verdadero, y no cartero, Jack Frost.

11:57 p.m.

Un momento antes de que en el reloj de la cocina la aguja larga y la corta coincidieran en las 12, la lluvia dejó de sonar *tap, tap, tap*. Judy se metió en su cómodo y abrigado saco de dormir. Por fin, había llegado el momento de poder sumergirse en un largo, largo, largo sueño invernal.

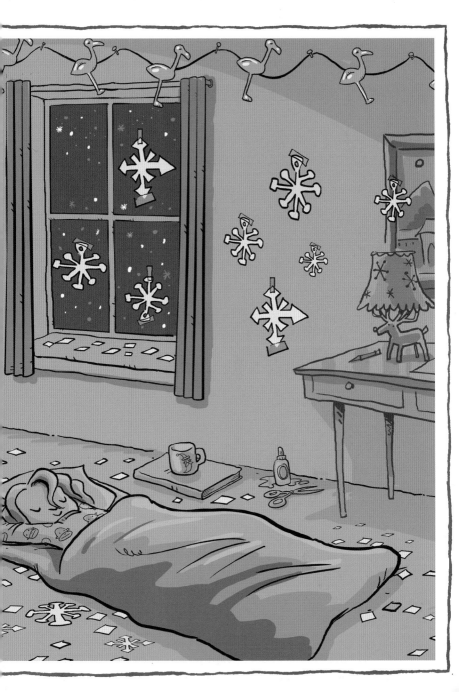

Cuando Stink se despertó temprano aquella luminosa mañana de Navidad creyó estar soñando.

—¡Judy, despierta! ¡Despiértate! ¡Nieve! ¡Tendremos una verdadera Navidad blanca!

Judy se dio media vuelta.

—Sí, ya lo sé Stink. No es nieve de verdad. No quería que te llevaras el chasco de no tener nieve en Navidad. Y mucho menos una Navidad llena de lodo.

—No es eso. ¡Jack Frost está aquí! De verdad verdadera. No te miento.

—Claro. Y nos trajo los guantes —dijo Judy, hundiéndose más en su saco de dormir—. ¡Hace frío! —añadió.

—¡Vamos, floja! —Stink la zarandeó a través del saco de dormir—. Levántate y mira por la ventana.

Todavía metida en su saco, Judy se levantó, y llegó hasta la ventana saltando como un canguro. Stink había abierto un pequeño agujero en la escarcha del cristal. Stink y Judy acercaron la nariz al cristal y miraron hacia fuera. Mouse también corrió hacia la ventana y sus cascabeles tintinearon todo el camino.

Nieve. Nieve de verdad. No de papel. En las casas, en los árboles, sobre las

piedras, en las hojas, en las farolas. Por dondequiera que miraran, una blanca alfombra lo cubría todo. Un maravilloso mundo de merengue. Un estupendo paisaje navideño de nata de leche.

La tierra estaba cubierta con una capa de limpia y resplandeciente nieve. El cielo y la naturaleza parecían relucir y centellear, cantando la alegría del mundo.

—¡Nieve! —susurró Stink. Ahora comprendía por qué en Alaska hay hasta una docena de nombres para la nieve. Una sola palabra no es suficiente. También él había encontrado en la enciclopedia varias palabras para distinguir una nieve de otra: "nieve fresca" o "nieve polvo" para la recién caída; "nieve virgen" para la que nadie ha pisado todavía; "nieve pesada", la que se ha compactado por haber sido pisoteada o porque los esquiadores han pasado por encima; "nieve costra", la que se había deshelado un poco durante el día y cuya superficie ha vuelto a congelarse durante la noche; "nieve primavera", la que empezaba a reblandecerse y a deshacerse... Ésta que tenían ante sus ojos era nieve fresca, nieve polvo, nieve virgen.

—Un auténtico y real fenómeno natural —dijo Judy.

Judy y Stink se vistieron y salieron
para disfrutar la blanda nieve, para
jugar y bailar sobre la blanca y mara-
villosa alfombra navideña.

—¡Es fantástica! —cantaba Judy.

—¡Es súper-extra-fantástica! —repe-
tía Stink—. ¡Éstas son las mejores
vacaciones de Navidad de toda mi vida!